좋아서 미운 사람 미워서 좋은 사람

草堂 서태양 시집

시인의 말

상락아정(常樂我淨)은
꿈으로만 허공을 맴돌고
먼 발치에서 바라 본 나의 모습은
언제나 아쉬움 뿐

어둠 속에서
개화(開花)를 준비하는
꽃의 마음으로

자연 생명 인연의 의미를
되새기며 살아 온 날들

첫 시집 『좋아서 미운 사람 미워서 좋은 사람』의
초판이 완판되어
그동안 아쉬웠던 부분들을 수정하고
새로운 시 30 여 편을 보완하여
개정판을 엮어 보았다

간혹 독자 여러분들의
마음에 와 닿는 부분이 있어
조금이나마 삶에 위안이 될 수 있길
조심스럽게 기대해 본다

계묘년 파도리 輕安亭에서
草堂 서태양

차례

5 　시인의 말
12 　[그림] 서은채♡은비
13 　좋아서 미운 사람 미워서 좋은 사람

제1부 　그대의 몫

16 　그대의 몫
17 　파도리(波濤里) 연가
18 　스쳐간 인연
19 　호야네 할아버지
20 　옛집
21 　동도(東都)의 해맞이
22 　나뭇가지 끝에 앉은 새처럼
23 　하얀 찔레꽃
24 　춘향 찾아 삼백리
25 　밤비
26 　집으로
27 　뽕나무 우정
28 　그, 한 마디
29 　칠보산 바람
30 　그 들녘
31 　아카시아꽃
32 　봄바람
33 　단석산의 봄
34 　떨어진 꽃잎
35 　보문 호반을 걸으며

차례

제2부

꽃은 지고 잎은 피네

38	마음의 문
39	가을 뜨락
40	윤회(輪廻)
41	세월
42	불이(不二)의 벗
43	꽃이여 잎이여
44	바람에 구름 가듯
45	월궁(月宮)에 올라
46	호박꽃 애상(愛想)
47	손톱에 꽃 물들이며
48	이도령 답가(答歌)
50	행복을 찾아서
51	꽃은 지고 잎은 피네
52	망부석 엄마
53	봄의 얼굴
54	소통
55	그 것이 인생
56	산에 꽃이 피어 있네
57	찔레꽃 그 길
58	한 생각 차이

제
3
부

초
당
의
벗
들

60 만리포에서

61 파도

62 그러다가

63 새

64 시절 인연 따라

65 친구여

66 저녁 노을

67 궁도(弓道)

68 송풍대

69 함께 가는 길

70 우중 산책

71 장맛비

72 불쏜 화살

73 더위도 삶의 한 부분

74 초당의 벗들

75 오늘

76 현곡 들길

77 잡초와 함께

78 여름나기

79 이 순간이 극락

차
례

제
4
부

산
책
길
에
서

82   난(蘭)과 잡초

83   부처가 되리

84   산책길에서

85   수류회

86   살치기

87   워낭 소리

88   녹원정사

89   백일홍

90   인생의 끝도 단풍처럼

91   도인이 살고 있다

92   석양배(夕陽杯)

93   충담제(忠談祭)

94   밤에 우는 매미

95   고위산 솔바람

96   재약산 억새밭

97   생과 사

98   환생

99   기림사의 가을

100   순리(順理)

101   할머니의 호박잎

차
례

제
5
부

마
음
자
리

104   아름다운 착각

105   개금불(開金佛) 소풍

106   인천1호선 전철에서

107   그늘

108   마음자리

109   부룬펠시아의 당부

110   동상이몽

111   봄맞이

112   흙에 쓰는 시

113   자연의 철학

114   까치집

115   마음의 꽃

116   오월의 아침

117   탐욕(貪慾)과 지족(知足)

118   얼굴

119   달빛 유람

120   꺾여 진 꽃대

121   일월순천(一月順天)

122   멋진 사람

123   낡은 수첩

125   知己之友의 말

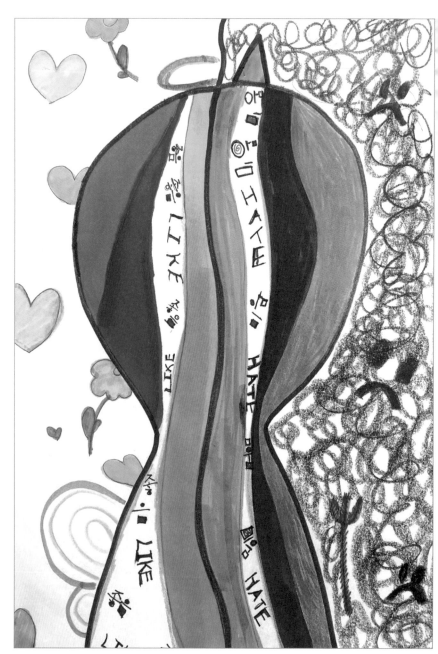

[그림] 서은채♡은비

좋아서 미운 사람
미워서 좋은 사람

서 태 양

좋은 인연으로 만나
질펀하게
사랑하며 미워하며
쌓아올린 세월의 더께

벽을 문이라한들
문을 벽이라한들
용서 못할 잘못이 무엇이랴!

편안하게
마실 가서 걸터앉을 평상처럼
단단한 바위처럼
늘 그 자리에 있어만 주오

좋아서 미운 사람
미워서 좋은 사람

제1부 / 그대의 몫

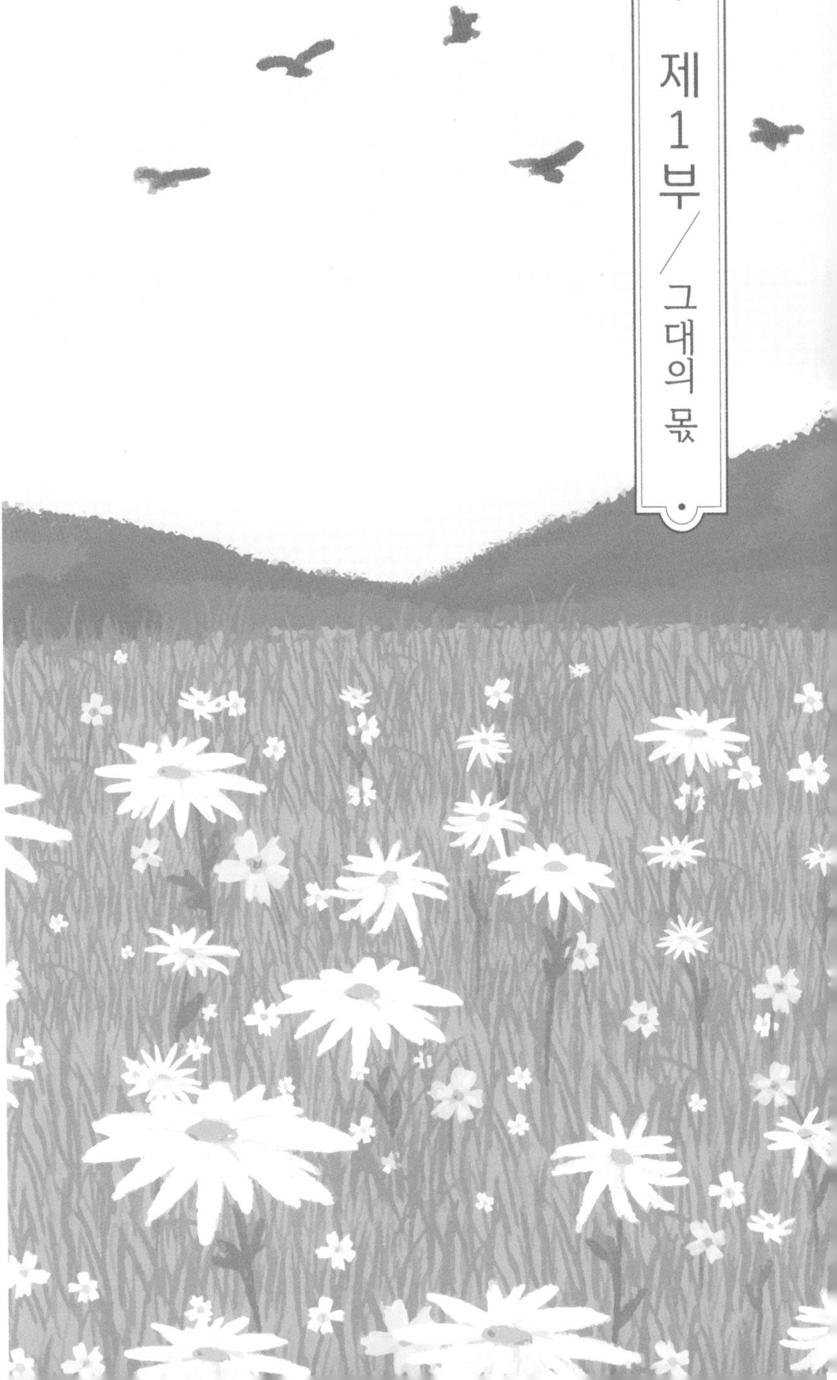

그대의 몫

꽃을 좋아하고
무지개를 보며
가슴이 설렌 것도
알고 보니
그대의 몫

거친 세상 두렵지 않고
힘겨운 삶이 즐거웠던 것도
모두가
그대의 몫이었네

눈으로 보고
귀로 듣고
마음으로 움직인
모든 것들이

내 마음 깊숙이
나도 모르게 자리한
그대의 몫이었음을
종심(從心)에사
알았네

파도리(波濤里)* 연가

역병으로 단절된 세상
적막한 여름바다
파도리 금모래 밭에
해가 저문다

거친 파도에
소리소리 갈고 닦은
조약돌의 세월이여!

오는 듯 가버린
파도 같은 인생살이

호곡성(號哭聲) 해조음이
가슴을 저미는 밤

파도 해안 갯바위에
밤바람이 서러워라

* 파도리(波濤里) : 태안군 소원면 파도리(波濤里)의 지명. 고려 문종 때 '파도가
  거칠어 지나가기가 어려운 해안'이란 데서 유래한 지명. 파도리 해수욕장은
  금모래 해안, 갯바위와 조약돌에 부딪히는 거친 파도 소리가 매력적이다.
  해수욕장 뒤편에는 서해안에서 보기 드문 아름다운 해식애와 해식동굴이 유명
  하다.

스쳐간 인연

난데없는 봄바람에
흩어진 꽃잎
바람의 장난인가
인연의 끝이런가?

꽃의 길 바람의 길에
바람 불고 꽃잎 지네

인생길 굽이마다
스쳐간 인연들
바람 떠난 허공처럼
텅 빈 가슴에

그리움 씨앗 되어
인생길 풀꽃으로
피어 있구나

호야네 할아버지

흰 수염 인자한 얼굴
앞산 뒷산 닮은 모습

"호야네 할아버지"
개구쟁들이 부르면
"오냐"
언제나 웃으며 반겨주신
온 동네 할아버지

"에헴 이놈 불알 좀 보자"
지팡이 들고 따라오면
송사리 떼 흩어지듯
깔깔대던 악동들

천진난만한 동심으로
도인처럼 살다 가신
우리 뒷집
호야네 할아버지

이제는 신선 되어
고향 하늘 어드메 쯤
웃고 계실까?

옛집

희수(稀壽)에 찾은
내 고향 송정(松亭) 마을

어린 시절
타고 놀던 감나무
등걸로 남아
옛집 터를
묵묵히 지키고 있네

그 시절 그리워
등걸에 올랐더니
늙은 주인 등에 업고
울고 있구나

무상한 세월에
감나무도 늙고
나도 늙어

기억 속 옛집이
꿈결처럼
아련하여라

동도(東都)의 해맞이

묵은 해는 제야(除夜)에
33곡(哭)을 토하며
여운만 발자국으로 남긴 채 떠나갔고
새해가 칠흑의 어둠을 헤치고
핏빛 갈기를 세우며
*동도(東都)의 하늘에 솟구치다

구랍(舊臘)의 해가 아닌
또 다른 새해가 되어
천지에 금가루를 쏟아낸다

억겁(億劫)의 인연으로 태어나
세상에 신세만 지며 살았으니
이젠 남의 짐 들어주며 살아야겠다

동도의 세모(歲暮)에
노루 꼬리만큼 남은
여생(餘生)을 걸어보며
올해엔 제야의 건배 잔을
미련 없이 비우고 싶다

* 동도(東都) : 천년고도 경주의 옛 이름

나뭇가지 끝에 앉은 새처럼

떠나고 싶다
강과 계곡을 건너
풍요로운 숲을 찾는 새처럼

바람결에 퍼덕이는
날개 짓으로
꿈처럼 바람처럼
훨훨 떠나고 싶다

눈감으면 흐를 듯
눈물 같은 추억이 서려있는
어린 시절 그 곳으로

나뭇가지 끝에 앉은 새처럼
나는
언제나 떠나고 싶다

하얀 찔레꽃

새 하얀 그리움과
아름다움을 넘은
순수의 꽃

있어도
없는 듯
향기로워라

무명 저고리
소녀 같은
순박함

고향의
추억 담은
가슴 속의
그 꽃

하얀 찔레꽃

춘향 찾아 삼백리

춘향 찾아 삼백리 남원 길을
단걸음에 달려갔건만
춘향은 간 곳 없고
빈 그네만 덩그러니

옛 사랑 아련하여
광한루에 올랐더니
사랑 성지 광한루엔
나그네만 서성이고
간간절절(懇懇切切) 그 사연이
육백년 향기로
피어나다

춘향사 들어서니
단아한 고운 얼굴
일편단심 굳은 절개
생환한 듯 반갑구나

그 사랑의 가슴앓이
월매주로 보약삼아
춘향가 한 대목으로
사랑 한 수 배워 보네

밤비

밤새
창 두드리는 소리
내 님의 기척인가

들릴 듯 말 듯
발자국 소리
그 님의 걸음인가

온밤
허공을 떠도는 소리
떠난 님의 회한이여

차라리
내리는 밤비에
온몸 흠뻑
젖고 싶어라

집으로

어버이날에
나도 어버이 되어
마음의 꽃을 가슴에 달고
집으로 간다

무궁화 열차 타고
송화산 선도산 기슭을 돌아
아카시아 찔레꽃 향기 싣고
나도야 집으로 간다

강나루 밀밭 길은
가슴에 담고
단석산 청보리 들판
질러서 간다

민들레 애기똥풀
소년이 되어
한 마리 외기러기
집 찾아 간다

뽕나무 우정

앞집과 우리 집 사이
뽕나무 가지에
친구가 있다

아침이면 까치 대신
날 부르는
뽕나무 친구

군고구마 찐 강냉이
뽕나무 위로
넘나들던

어린 시절
붉은 우정
오디로 맺혀

눈물 같은
추억으로
익어가고 있구나

그, 한 마디

미·안·해
내 생각이 짧았어

고·마·워
모른 척 해 줘서

사·랑·해
나를 받아 줘

목구멍까지
뜨겁게 차오르던
그, 한 마디......,

타임캡슐에 묻었으니

쓸쓸함이 사무치는
어느 가을 날에
누구라도 그대가 되어
꺼내 주오

칠보산 바람

바람이 분다
칠보산 산마루에
바람이 분다

푸른 동해 머금고
득달같이 달려 온
바닷바람이 분다

물동이 이고 가는
뒷집 누이 치맛자락
논두렁길 훈장 어른
두루마기 휘날리던
그 시절 바람이 분다

나는 바람
고향 언덕 대숲 흔들던
그 바람이고 싶다

칠보산 산마루에
바람이 분다

그 들녘

그 들녘에 봄이 왔다
땅내 맡은 모들이
실바람에 살갑다

물꼬를 넘쳐 흐르는 물소리
개구리 소리
먼 산 뻐꾸기가
아침을 깨운다

돌아 온 백로처럼
옛 시절 그리워
그 들녘을 터벅터벅 걷고 있다
논물에 어른거리는
달래백이산 그림자를
아침 해가 어루만진다

가버린
내 인생의 봄날들이
들녘의 하늘에 맴돈다

아카시아꽃

아카시아꽃은 향기로 지고
보리밭 종달새 찔레꽃은
먼 옛날로 잠들어 있습니다

아이는 간 곳 없고
오월의 백설인양
아카시아 꽃만이 눈물 되어
낯선 어른의 가슴 속에
외롭게 집니다

덧없는 인생
질 줄 알면서 안간힘 쓰고 있는
삶의 모습이 안쓰럽습니다

비록 순간일지라도
오월의 눈처럼 활짝 피어
진한 향기라도 남길 수 있다면
다행이겠지요

봄바람

푸른 동해에 담금질 하고
토함산 머리 위에서 비추는
붉은 햇살 머금은 산바람

물천 들판에서 불어오는
흙 내음 가득한 들바람

보문호수의 잔물결을 일으키는
감미로운 실바람

재 너머 불어오는
산수유 진달래
향기 실은 꽃바람

보문 호수에
벚꽃 드리워지는 그 날
봄바람에 나비 되어
날아 보고 싶다

단석산의 봄

김유신의 신검(神劍)이
일격에 갈라놓은
단석(斷石)의 산

칼의 울음으로
스미는 봄바람에
타는 진달래

할미꽃
무덤가에 앉아
화석 같은 어린 시절의
봄을 회상해 본다

짙푸른 저수지의 물빛처럼
단석산의 봄이
깊어 가고 있다

떨어진 꽃잎

봄을 화사하게 수놓았던 벚꽃이
낙화되어 바람에 흩날리고 있다
마치 한 줌의 재가 되어
흩어지는 인생의 종말처럼

꽃이 떨어진 자리에
이내 새잎이 돋아나고
화려했던 꽃들의 기억은
까맣게 잊은 채
내일이면 우리의 관심도
다시 무성한 잎으로 돌아가리라

어둠은 저승처럼 다가오고
창을 흔드는 세찬 비바람에
존재를 새롭게 확인한다

덧없는 인생을 몰랐던 것도
슬퍼할 일도 아니기에
불법(佛法)의 윤회를
되새겨 보는 이 밤

여전히
헛헛함을 느끼는 것은
떨어진 꽃잎 때문이리라

보문 호반을 걸으며

천룡(天龍)의 비늘 같은 구름 사이로
한 줄기 햇빛이
토함산 줄기 따라 안개를 타고
보문 호수에 내려앉는다

꽃잎 떠도는 잔잔한 호수에도
또 다른 태양은 떠오르고
두 해가 마주치는 곳에
잉어가 승천을 꿈꾼다

융단 같은 숲
물안개 피어오른 아침 호수에
한 마리 백로
날개 짓이 외롭다

숲은 멀리서 보는 것이
아름답고
사람은 남의 눈에 비친 모습이
진면목이라 했던가?

사월의 보문 호반을
그대를 그리며
걷고 있다

제 2 부 /
꽃은 지고 잎은 피네

마음의 문

불신으로 굳게 닫힌
마음의 문

활짝 열어 비우고 나면
만나는 사람마다
모두가 좋은 인연

분별 집착 접은 세상
마음 밖이 피안(彼岸)이라

닫아 둔 마음의 문
언제 열려 하는가?

가을 뜨락

인연의 끝자락에서
갈 길 묻지 않고
미련 없이 떨어지는 낙엽

푸르던 날 엊그젠데
세월과 한 몸 되어
단풍으로 지는구나

파란만장 인생사
나는 누구에게
한 잎 단풍만큼이나
감동적이었던가?

끝 모를 상념은
적멸위락(寂滅爲樂)을 꿈꾸고
발길은 가을 뜨락을
서성이고 있구나

윤회(輪廻)

전생(前生)

그것은
꿈이 꿈틀거리는
엄동(嚴冬)의 벌판이었고

찔레꽃 피워낸
향기로운
봄볕이었다

짙푸른 여름 바다
질풍노도의
파도였고

노을 빛
언덕을 스치는
스잔한
가을바람이었다

지수화풍(地水火風)
억 겁(劫)의 인연을
꿈꾸며

윤회의 수레바퀴는
또
그렇게 굴러가는가?

세월

소년은
더딘 세월에 안달하고
노인은
속절없이 빠른
세월을 한탄하네

같은 세월 다른 느낌
비우지 못한
욕망의 찌꺼기들

세월에 목메는
애달픈 인생이여!

오고 간 세월이
어디 있으랴
세월과 내가
하나인 것을

덧없는 인생살이
그 소년 노인 되어
세월의 잣대 끝을
서성이고 있구나

불이(不二)의 벗

병 없이
살 수 있는 인생을
바랄 수 있겠는가?

양약(良藥)을 벗 삼아
사는 인생

사천왕(四天王)이
불법을 수호하듯
나의 생(生)을 지키는
불이(不二)의 벗

혈압 약
한 알에 의지한
나의 나날

오늘도
염주처럼 하루를
굴리고 있다

꽃이여 잎이여

봄바람에 타는 홍도
종심(從心)의 가슴에도
꽃 피고
바람 이네

떠난 청춘
꽃으로 피어
가슴에 젖는구나

기뻐서 슬픈
알 수 없는 이 마음
꽃이여 잎이여
어느 것이 내 맘인가?

꽃 지고 잎 피니
가려서 무엇 하리

청량산 진달래만
소리 없이 피었다가
붉은 눈물지누나

바람에 구름 가듯

농사도 잘 짓고
인생도 잘 살고 싶지만
마음대로 안 되는 것이
농사요 인생인지라

산다고 살았건만
짓는다고 지었건만
남은 것도 없이
흘러간 세월

늦게 베어 놓은 들깨가
텅텅 비어 버렸다
지나 버린 내 인생처럼

깨 털듯 내 인생도
탈탈 털어 버리고
바람에 구름 가듯
유유히
흘러가고 싶구나

월궁(月宮)에 올라

월궁(月宮)의 *광한청허부(廣寒淸虛府)
광한루 육백년 돌아드니
미인 항아는 간데없고
완월정 아래 비단잉어만
노닐도다

옥경(玉京)전설 머금은 오작교에
은하수 굽이치고 아름다운 선녀가
*계관의 절경 즐기던 천상의 광한전이
*용성부(龍城府)에 터하니
자자손손(子子孫孫) 남원의 보배로다

춘향과 몽룡이며
시인묵객(詩人墨客)들의 멋과 정취가
육백년을 유유히 흘러
오늘에 닿으니
호남제일루(湖南第一樓) 광한루는
더없이 푸르고 향기로워라

스치우는
*방장산 삭풍(朔風)은 아직 매서우나
따스한 봄을 잉태한
월궁 누각의 자태가 고요하다

* 광한청허부 : 옥황상제가 살던 달나라에 있는 궁전(宮殿)
* 계관 : 달나라 궁전
* 용성부 : 남원의 옛 이름
* 방장산 : 지리산

호박꽃 애상(愛想)

환하게 피었던 호박꽃이
긴 꽃대만 남긴 채
뚝↓ 떨어져
땅바닥에 누웠다

붉은 입술 오므리고
돌아누운 여인처럼
떨어진 꽃이 되어
온몸으로 흐느낀다

꽃의 시절 미련인가
떨어진 설움인가
피었다 지는 것이
호박꽃 뿐 이런가?

왔으니 가야하는
인생 또한 매한가지

무상한 자연의 섭리를
내 모를 리 없건만
떨어진 호박꽃이
가슴을 저미는구나

손톱에 꽃 물들이며

그렇게 술 좋아하던 그이
빈 술병과 지팡이만 남겨 놓고
내 곁을 떠나갔네

지팡이도 없이 가는 그 길이
그렇게도 쉬웠던가?

사랑한단 말 한마디
듣지 못해도
변함없는 그 맘 알기에
그님 위해 밥하고 전 붙이던
그 시절이 행복이었네

평생에 한 번 사 준 썬크림을
해도 없는 방 안에 앉아
바르고 있다

내 님 만나러 갈 길
저승길 밝히러
손톱에 꽃 물들이며
세월을 산다

이도령 답가(答歌)

춘향아 잘 있느냐?

광한루 오작교에서
너와 내가 노닐던 날들이
바로 어제가 아니었더냐?
허면 너와 나는
오늘도 애절하게 만나고 있으렸다

육백년을 꿋꿋하게 버틴
팽나무 왕버들 뽕나무의 푸르름처럼
춘향아
늘 잘 있으리라 여긴다

만고열녀춘향지묘(萬古烈女春香之墓)에 피어난
작은 풀꽃이
바람에 잔잔히 흔들리면
네가 내게 홀리는
그리움으로 알리라

그리하여 나도 너에게 답하노라
영원무궁토록 너만을
사랑했노라
사랑하노라
사랑하리라

한 점 구름으로
흩어졌다 만나고
만났다 또 갈라지며
광한루원 하늘 위를 떠돈다 해도

너는 나에게
나는 너에게
옹쳐매져서 풀길이 없구나
단옷날이든
칠월칠석날이든
연분홍 치마 노랑 저고리
어여쁜 춘향아
어화 둥둥 광한루에서
그네를 뛰자

향단이 대신
내가 너를
푸른 창공 저 멀리
가없는 허공으로
힘껏 밀어 올려주마

너는 무한으로 날아올라라
차고 올라라
딛고 올라라
오직 사랑 그 일념으로!

춘향아 부디 잘 있거라

행복을 찾아서

인생은
행복을 찾아 떠나는
끝없는 여행

미지에의 동경
동경과의 동행
마음 밖에서 찾는
그림자를 좇는
무지개

오늘도 무지계(無知界)를
무지개로 좇는 동경

칼 부세가 노래했던가?
산 너머 저 쪽에
행복이 있다고

꽃은 지고 잎은 피네

화사했던 벚꽃이 지고
푸른 잎으로 가득한
신록의 세상

꽃에 열광했던 마음도
이내 푸른 잎에 순응하면서
화려했던 벚꽃의 기억들이
꿈처럼 맴돈다

눈앞에 보이면 소중하고
보이지 않으면 쉽게 잊히는
세상의 이치를
모르는 바 아니건만

'이것이 세상살이구나!'

지금 나는 꽃인가 잎인가?
꽃도 되고 잎도 되는
인생이기에
꽃처럼 잎처럼
그렇게 살련다

꽃은 지고 잎은 피네

망부석 엄마

늙은 아들이
노모를 뵈러
고향에 왔다

저승꽃 핀 얼굴에
등 굽은 노모
금싸라기 손님맞이에
미소가 주름 가득

그 아들 좋아하던
반찬 만들어
밥상 앞에 마주 앉아
나 먹는 것 제쳐두고
아들 숟갈에 반찬 올리며
행복한 엄마

봐도 또 보고 싶고
다 주고도 성에 차지 않는
안쓰러운 모정

떠나는 늙은 아들
산모롱이 돌았건만
한 걸음도 못 떼고
굽이 길 지키고 선
망부석 엄마

봄의 얼굴

봄이 오고 있다

청아한 하늘 끝
꿈꾸듯
그리움으로

연둣빛 수양버들
까칠한 꽃샘바람
눈 녹은 계곡의 물소리로

어린 시절
고향의
찔레꽃 향기로

봄이 오고 있다

소통

인생은 소통
사람 자연과 우주
소리 향기 느낌으로
주고받는 끝없는 교감

인생도 지구처럼
자전과 공전하며
소통으로
스스로를 영위하는 것

삶의 의미는 소통
소통이 없는 삶
그것은
살아있는 화석

그 것이 인생

아름답고 추하고 기쁘고 슬프고
즐겁고 괴롭고 달고 쓰고
좋고 싫고 고맙고 섭섭하고

만족스럽고 아쉬운 것
그 것이 인생

외롭고 번잡하고 안락하고 힘겹고
다행스럽고 억울하고 보람되고 허무하고
자랑스럽고 후회스럽고

길고도 짧은 것
그 것이 인생

허공에 이는 구름
바람결에 흩어지듯
덧없는 인생

풀처럼 나무처럼
자연으로 살다
자연으로 돌아가는
그 것이 인생

산에 꽃이 피어 있네

산에 꽃이 피어 있네
벌 나비 벗 삼아
홀로 피어 있네

하늘 땅 바람
억겁의 인연으로
초연히 피어 있네

삶과 죽음을 넘어
자연의 모습으로
도(道)가 피어 있네

내 마음 밭에
꽃이 피었네
산에 꽃이 피어 있네

찔레꽃 그 길

한사코 파도가 핥아대며
감질 달래던 섬 바닷가를 따라
물결치는 보리밭 이랑길

찔레꽃 향기에 취해
어질어질 꿈을 꾸듯
아지랑이 가물대는
밭두렁 길

향기에 젖은 가슴
꽃잎 발자국 삼아
가슴앓인 듯 설레던
그 길

님과 함께 걷던
찔레꽃 그 길을
홀로 걷는다

한 생각 차이

힘겹고
괴로운
고통의 세상

즐겁고
만족스런
행복한 세상

지금
그대의 삶은
지옥 극락
어느 곳 인가

세상사 모두가
마음이 짓는
한 생각 차이

제3부 / 초당의 벗들

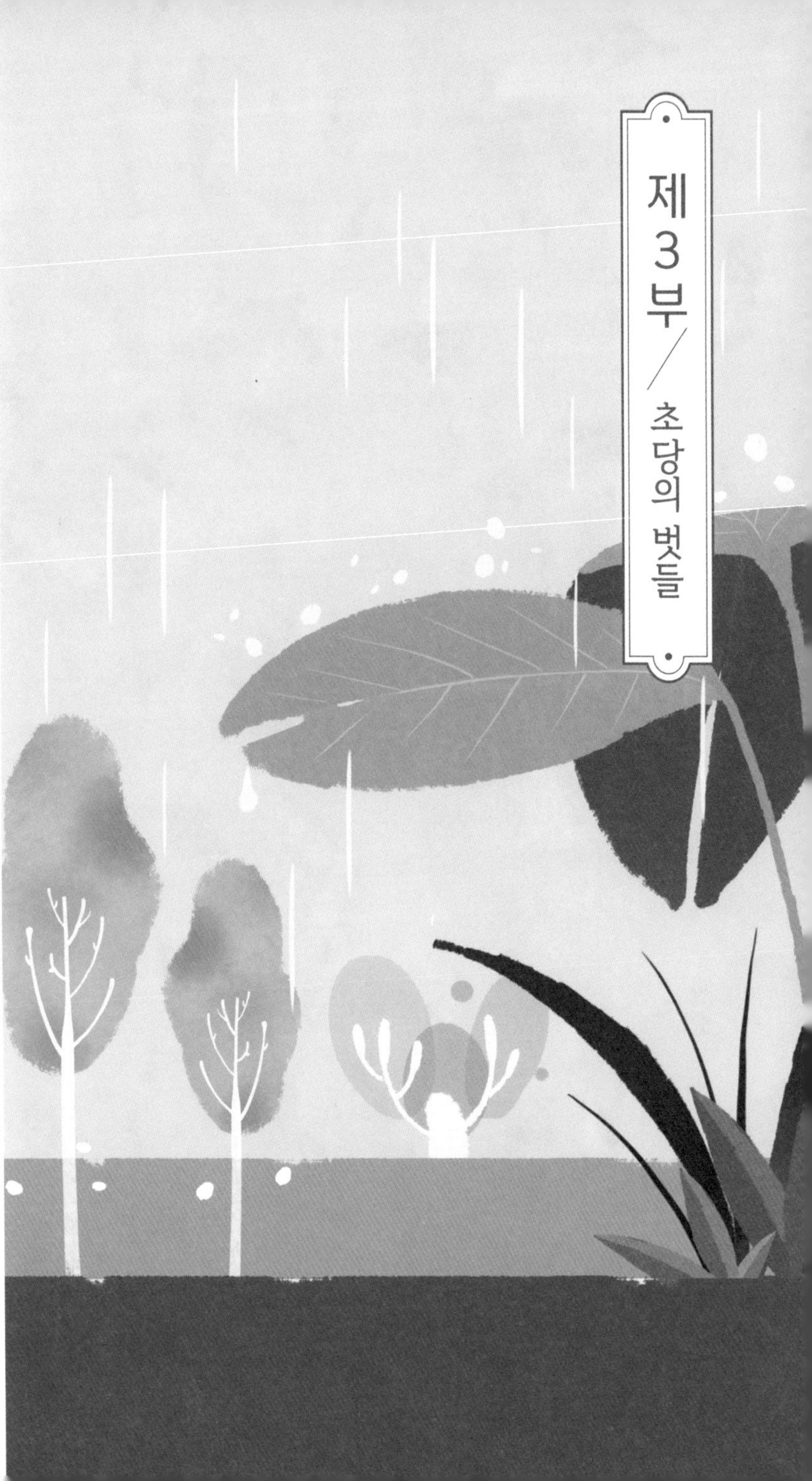

만리포에서

저무는 만리포에
온몸으로
우는 파도

부대끼며 살아 온
파도 같은
인생이여!

낙조를 등대 삼아
홀로 걷는
백사장에

철썩이는 파도소리
허(虛)한 가슴
에이누나

파도

해질녘 벼랑길
해송 너머

출렁이는
푸른 꿈으로
망망대해를
거칠게 달려 온
붉은 파도

어디서
무슨 사연 안고
흘러와

여기
만리포 백사장에서
물거품으로
스러지는가?

해질녘 벼랑길 카페
창가에 앉아
파도에게 묻는다.
덧없이 흘러가는
인생 여정(旅程)을!

그러다가

남의 인생 내 인생을
보고 듣고 비교하며
살아 온 한 평생

내가 나를 모르면서
등 떠밀려 사는 인생

모르면서 다 아는 듯
다 아는 듯 알 수 없는
수수께끼 인생살이

비바람에 구름 가듯
속절없이 가는 세월
아는 듯 모르는 듯
그러다가 가는 인생

새

천공(天空)을 나는 새
푸른 하늘은
그대의 세상이었지

더 높이
더 멀리
구름 위를 날기 위해
퍼덕이던 날갯짓

지친 나래 접지 못하고
무엇 찾아
헤맸던가?

바람불고 안개 잦은
구름 밑도
하늘인 걸

호수의 백조처럼
더 낮게
더 느리게
그대는 하늘을 품고 사는
한 마리 새

시절 인연 따라

꽃 피는 봄이 화려하지만
풍성한 녹음의 여름을
따를 수 없고

짙푸른 여름이
어찌 농익은 가을의 멋을
능가할 수 있겠는가

아름다움을 초월한
순백의 겨울 매력 또한
가을이 흉내 낼 수 없듯이

인생에
시절의 우열이
어디 있으랴

지난 시절 그리며
추억으로 사는 인생

시절 인연 따라
표표(飄飄)히 살아야할
인생살인걸

친구여

분노와 증오로 들끓는
분탕의 세상
보석처럼 빛나는
그대의 친절

꽃도 웃고
돌부처도 감동 할
친절한 모습

이익과 손해
이기고 질 것도 없는
편안한 사람

친구여!
쉽고도 어려운 종교
그대의 종교가
친절이라지

저녁 노을

지친 하루 해가 청량산
산마루에 걸려 있다

홈 카페 솔안뜰에
아내와 마주 앉아
낙조를 벗 삼아
술잔을 들었건만

무정한 석양은
이내 갈매기 능선을 넘고
청량산만 홀로 외롭다

저녁노을 내려앉은
석양배 잔을
황혼의 나그네 되어
나누고 있다

궁도(弓道)

무심의 화살을 시위에 걸어
쏟아질 듯 푸른 창공의
*홍심(紅心)을 향해
활을 당긴다

툭↑
둔탁한 소리를 내며
승천을 꿈꾸는 잉어처럼
화살이 솟구친다

관중(貫中)이다!
순간
나의 모든 상념도
바다보다 깊은
허공 속으로
산산이 흩어진다
이것이 道다
弓道!

* 홍심(紅心) : 과녁에서 붉은 칠을 한 동그란 부분

송풍대*

고향 떠나 50년 세월
그리던 송풍대를 마주하니
송풍나월(松風蘿月)은 여전하구나

천년의 이야기는
전설로 남아
노송 끝을 맴돌고

정처 없는 외로운 구름
발길 멈춘 송풍대
속세의 마지막 휴식처
도원(桃園)이 여기로다

송풍대 물소리에
세상사 묻어두고
고운(孤雲)은 선객이 되어
*소라재를 넘었네

* 송풍대(松風臺) : 고운(孤雲) 최치원 선생이 해인사로 들어가는 길에 마지막으로
  머물렀던 곳. 선생이 직접 소나무를 심어 '송풍대'라 칭함.
  경남 거창군 가북면 몽석리 명동마을 입구에 위치.
* 소라재 : 경남 거창군 가북면 몽석리 강계 마을 앞에서 해인사 홍류동으로 넘어가는
  950m 고개

함께 가는 길

인생은 길
누구나 걷고 있는
정처 없는 나그네 행로

가다가 멈추는 그 곳이 종점
오늘도 나만의 여정으로
길을 걷고 있다

어떤 길을 어디쯤
가고 있을까?
지나온 길과 가야 할 길의
정점(定點)에서
보다 아름다운 길을 위해
오늘도 번민하고 있다

인생길
그것은 분명
서로 배려하며
함께 걸어가야 할 길

아름다움을 느끼며
즐겁게 걸어야 할 길이다

우중 산책

비에 젖은 진달래가
수줍게 고개 숙이고
백로들의 비상(飛翔)이
숲에 활기를 더한다

옥로(玉露) 같은 단비에
연둣빛 정령들이
산책길을 장엄하고

은구슬 가득한 연지에
빗방울 사이로 소금쟁이들의
곡예가 현란하다

우산을 두드리는
난타 리듬에
산을 울리는 장끼 소리
구구대는 산비둘기의 화음으로
비 내리는 오솔길에
봄이 깊어가고 있다

장맛비

하염없는 장맛비
벗 그리는 맘
간절하여

화랑주 한 잔 술로
젖은 마음
달래 본다

장맛비 길다 하나
그 또한
한 때려니

끊어질 듯 이어지는
곡비(哭婢)의 울음 소리

그 소리 벗 삼아
잔 들어 거나하게
취하고 싶다

불쏜 화살*

연수정에
눈이 내린다

설풍(雪風)에 갈 길 잃은 눈이
산발한 여인의 머리카락처럼
어지럽게 흩날리고 있다

눈안개 사이로
아스라이 보이는
*홍심(紅心)을 향해
터질 듯한 가슴으로
시위를 힘껏 당겼다

눈 속에서 보란 듯
요염하게 꼬리치며
떠난 화살이
아무런 소식이 없다

눈과 함께
허공에서 춤을 추더니
눈 따라 과녁을
떠났나 보다

* 불쏜화살 : 과녁을 맞히지 못한 화살
* 홍심 : 과녁에서 붉은 칠을 한 동그란 부분

더위도 삶의 한 부분

더위가 절정이다

사계절
톱니바퀴에 맞춰 돌기 시작한지
어언 일흔 네 해

세월 따라 모든 것이 변한다지만
유년의 초심을 유지할 수 있다면
세월의 흐름을 비껴
매 순간 행복하지 않을까?

살아있는 사람에겐
타는 듯한 여름도 혹독한 겨울도
모두 아름다운 것

곧 지나가버릴 2023 계묘년 여름!
오늘이 인생의 끝이라는 생각으로
살아야 할 일이다

가장 단순한 생각
견성((見性)하는 마음으로
남은 여름을 즐겨보고자 한다

더위도 삶의 한 부분

초당의 벗들

연분홍 진달래가
봄을 알린지 엊그제 같은데
한 해의 반이 달아나 버리다

노란 개나리꽃을 보며
어린 시절을 그리워했고
흩날리는 벚꽃 길을 걸으며
덧없는 인생을 아파했었네

아래로 향한 때죽나무 꽃의 모습에
겸손을 다짐했고
아카시아 꽃향기에 취해 보낸
눈부신 오월

꽃의 의미를 새롭게 느낀 밤꽃
쌀가루 같이 탐스런 이팝나무꽃
분홍빛 솜털로 멋을 부린 자귀나무꽃
중국 무희처럼 화려한 접시꽃
모두가 아름다운 나의 벗들

보랏빛 도라지꽃과 소박한 호박꽃
흰 무명저고리 같은 개망초꽃이 한창인 지금
내 마음은 벌써 북천(北川)의
애잔한 달맞이꽃을 기다리고 있네

봄에는 개구리 소리가 그리워 보 문 들녘을 찾았었고
매미소리를 기다리며 여름을 맞았는데
오늘은 뻐꾸기 비둘기 장끼에 매미소리
사성(四聲)의 합주로 아침을 열다
제 몫을 다하는 멋진 초당의 벗들

오늘

오늘이
과거를 만들고
미래를 가늠한다

과거와 미래
또 다른 이름의
오늘일 뿐

그동안의 오늘은
언제나 내일을 위한
과정이었을 뿐
진정한 오늘은 없었다

언제나 오늘이
내 인생의 전부이었던 것을

스산한 가을바람이 불고
눈부신 햇살이 쏟아진다
아직 내게 오늘이 있어
행복하다

현곡 들길

빛나던 태양도
바쁜 농부들도
모두 떠나버린 빈 들판

검게 채색된 구미산
용담정 하늘은
동학의 불꽃으로 붉게 타고

마지막 백로 한 마리
허공을 한 바퀴 휘~이 돌아
숲으로 사라진다

이내가 내리는 현곡들
무심히 논길 따라
발걸음을 옮긴다

검은 밤바람이 보리 이삭을 흔들고
논을 적시는 도랑물 소리가 정겹다
봄이 도란도란 흘러가고 있다

잡초와 함께

베면 다시 올라오고
잡초와 함께 시작되는
파도리 농장의 아침나절

장마 끝난 팔월의
뜨거운 햇볕 아래
과채들은 조금씩
몸집을 불려가고

애초부터
잡초를 이길 생각은 없었기에
우거진 잡초 속에서
고추 가지 깻잎을 딴다

잠시 농막 다락방에
지친 몸 뉘이고 올려보는
뙤창 밖의 작은 하늘

산죽(山竹)이 살랑이는
저 하늘 끝 어드메 쯤
가을이 묻어오고 있으려나

가을이 오면
억센 잡초와의 실랑이도
끝이 나겠지

여름나기

장마 그친 맑은 하늘에
이글거리는 태양
대지에 녹아내리는
하얀 햇살

더위 먹은 선풍기
헉헉거리며
열풍을 토해 내고

매미 소리
무더위를 경고하는
사이렌 되어
숲을 흔든다

마지막 보루인
공원 벤치에
웃통 벗고 모여 앉은
어르신들

뜨거운 감자
찐 옥수수로
한여름 무더위와
맞서고 있다

이 순간이 극락

*고위봉의 솔바람 소리
계곡 폭포의 물소리로
마음의 때를 씻고
진달래 만발한 산기슭을
내려서는 하산 길

거대한 무덤의 묘비가
인생무상을 증명하고 있다

'인생 결국 이 모양이 되었구나!'

언제 멈춰질지 모를 인생 여정에
살아 있는 이 순간이
곧 극락임을 실감한다

오늘의 극락은
계곡의 맑은 물 여린 진달래꽃
고위봉의 솔바람 소리 그리고
찔레나무 햇잎이 돋아나는
연둣빛 봄의 모습이었다

* 고위봉 : 경주 남산의 한 산봉우리

제 4 부 / 산책길에서

[사진작가 ─ 류동희]

난(蘭)과 잡초

난(蘭)과 잡초는
관심의 차이

관심이 난(蘭)이요
무관심이 잡초라면
애당초 귀한 생명
어느 것이 잡초던가

서로가
무관심한 세상
잡초 같은 인생살이

부평초(浮萍草) 인생길에
함께하는 그대와 나
우리는 서로에게
난(蘭)인가 잡초인가?

부처가 되리

하루에도 몇 번씩
불성(佛性)이
발하는 순간

안이비설신의(眼耳鼻舌身意)
육근(六根)의 감각으로
시시각각 느끼는
연민과 보시의 마음

끊어진 필라멘트에
번뜩이는 불빛처럼
별빛같이 고운 마음
내리는 순간

조각조각 선한 마음
모으고 모아
이 목숨 다하기 전
부처가 되리

산책길에서

함뿍 쏟아져 내리는
한낮의 가을 햇살
소슬바람 휘감으며
홀로 걷는 산책길

탐·진·치 삼독심(三毒心)
모두 다 내려놓고
무심히 걷는 산길

비움 속에
샘물처럼 차오르는
그윽한 희열이여

버려서
채우는 묘미
가을 빛 부는 바람이
깨우쳐 주고 가는구나

수류회*

흐르는 샘물
달빛에 쉬어가듯
쉬엄쉬엄 만나는
불국(佛國)의 모임

회칙 목적 조직
회비도 없이
회원은 두 사람
스님과 나

모임은 언제나
전 회원 100% 참석
아름답게 흘러간
무애(無碍)의 세월

끝없이 샘솟는
토함산 샘물처럼
맑고 신선한
수류의 만남

* 수류회(水流會) : 불국사 회주이신 성타 큰 스님과 필자, 두 회원이 오랜 세월
  이어가고 있는 스님께서 작명한 모임

살치기

살치러 간다
내가 쏜 화살
행방이 궁금하여
달려서 간다

명중을 꿈꾸며
일념(一念)으로 쏘았건만
모자라고 넘치고 빗나간 살들
흐트러진 내 마음의
파편들로 누워있구나

관중(貫中) 한
살 하나에 희망을 걸고
아쉬움 거둬쥐고 돌아오는 길
천지인합일(天地人合一)의
그 순간을 그리며
허심(虛心)을 다짐한다

워낭 소리

산그늘 따라
머슴들 풀 바지게 지고
내려 올 무렵
나는 태어났고

뒷집 종문 애비
이랴이랴 소 내다 맬 때
그는 태어났다

소가
한창 풀 뜯고 있어야 할 때에
종문 애비 소 몰러 가기도 전에
서둘러 그는 떠났다

서산에 지는 노을
하루를 지우고 가듯
소리 소문 없이
그렇게 그는 떠났다

덧없는 인생을
침묵으로 전하고
굽돌이 휘이고 굽은
억겁의 길을
영원히 떠나간 그

어디선가 워낭 소리 찰랑거리면
그이런가 하련다

녹원정사*

천룡사 언덕길
노송의 울음
천년 신라의 한이 되어
가을 하늘에 맴돌고

석양에 서걱거리는
늦가을 단풍이
산객의 가을앓이를
부추긴다

녹원정사 앞마당 바위에 앉아
마시는 감로주에
감잎 사이 비껴 내린
고위봉 초저녁 달빛이
술잔에 가득하다

깎아준 무 한 뿌리
하산 길 디저트 삼아
부르는 노랫가락에
가을이 흐느적거리며
지나가고 있다

* 녹원정사 : 남산 천룡사지 부근에 있는 산장

백일홍

사람이 사람을 피하고
만남이 두려운 코로나 세상
그래도 시절 맞아
꽃은 피었네

정붙일 곳 없는 세상
사람 피해 찾아 온 곳
다정하게 반겨 주는
백일홍 정원

심란한 세상살이
의지할 벗 너 뿐이네
화무십일홍(花無十日紅)이라
노래한 이 누구던가?

이름처럼 백일만
함께 해 다오

인생의 끝도 단풍처럼

기림사 천왕문 앞 돌담에
붉은 담쟁이 잎 하나가
가을의 끝을 지키고 있다

더 높은 하늘 눈부신 햇살
솔잎 흔드는 청량한 바람에
가을이 익어 간다

봄에는 귀여운 새싹
여름엔 풍성한 녹음으로
생명의 신비와 자연의 아름다움을
안겨 주었던 나무들이

이제
화려한 단풍의 모습으로
마지막을 장식하고 있다

인생의 끝도 단풍처럼
아름다울 수 있기를

도인이 살고 있다

청량산 아래
도인이 살고 있다

고립무원 외딴집
산야초 벗 삼아
물지게로 물 나르며
살고 있는 노부부

엄동설한 얼음 깨고
얼음장 위 빨래해도
그대가 데워 온
물 한 동이에
행복이 가득

그저
'사는 게 일'이라고
화두 하나
툭~ 던지시네

청량산 아래
도인이 살고 있다

석양배(夕陽杯)

서산에 지는 해
잡을 수 없어
술잔에 담아 놓고
한 잔 술 하렸더니
비우는 술잔보다
해가 먼저 지는구나

저녁노을 벗 삼아
기울이는 술 잔 속에
산 있고 벗 있으니
더 바랄게 무엇인고

부질없는 인생사
시비 가려 무엇 하리
석양배(夕陽杯) 술잔에 담아
남김없이 비우리라

충담제(忠談祭)

꽃의 향기로 깊어가는 봄
백로의 군무 가득한
첨성대의 푸른 하늘

쏟아져 내리는 하얀 봄볕에
정원은 꽃으로 넘쳐나고
반월성의 연둣빛 봄이 눈부시다

제비 오는 삼짇날에
삶 속의 삶을 찾아
*충담제가 열리는 첨성대 뜰에서
화전과 다향(茶香)으로 춘심을 달래며

나라의 태평을 위해
군(君)답게 신(臣)답게 민(民)답게
충담스님의 안민가(安民歌)를
되새겨 본다

* 충담제 : 신라 경덕왕 때 고승 '충담스님'을 기리는 경주 지역 차 문화 축제

밤에 우는 매미

밤에도 매미가 운다
목이 터져라 짝을 부르는
한밤의 절규

짧은 생애 아쉬운 시간
절절한 사랑 찾아
낮도 모자라
밤새워 우는구나

인생도 한때인 것을
누구라 밤에 우는 매미를
탓할 것인가?

목 놓아 울고 싶은 밤
애꿎은 매미 울음에
얹어 보는 이 마음

고위산 솔바람

봄은 왔건만
헛헛한 마음 달랠 길 없어
고위산 천룡사지에 올라

얼음 같은 계곡물로
흐르는 땀을 씻고
노송 그늘에 누워
솔바람 소리에 귀 기울이면

'인생엔 왕도가 없다'고
'세상살이란 다 그런 거'라고
나직이 속삭인다

번잡하고 힘겨운 나날들
그것 또한
아름다운 나의 인생 여정인 것을

노송 끝 구름 한 점
바람에 실려
가없는 허공을
떠돌고 있다

재약산 억새밭

노송 끝 푸른 하늘
떡갈나무 숲 터널에도
가을은 깊어가고
재약산 억새밭에 누워
꿈속 같은 가을을 음미한다

멀리 간월산 신불산이
신화처럼 떠 있고
윤기 잃은 억새꽃이
덧없는 인생을 애기하듯
부는 바람에 애처롭다

가끔 들려오는 인기척에
저승 아닌 이승을
확인하면서

화려한 단풍이 아닌
소박한 억새로 오는
재약산의 하얀 가을을
온몸으로 느낀다

생과 사

인생은 탄생과 죽음 사이
추억을 남기는 신기루
탄생은 축복 기대 환희
죽음은 탄생에 대한 책임

피었다 꺾어지는 산야초처럼
자신만의 향기를 남기고
허허롭게 흩어지는 인생

죽음은 세상에서 가장 공정한 이벤트
교만 후회 원망 고통
모두 잠재우는 인연의 결산

삶과 죽음은 하나
죽음은 태어난 자만이
맛 볼 수 있는
진솔한 삶의 마지막 체험

환생

야구장에는
청춘과 패기
열광과 함성
함께하는 기쁨이 있다

야구장에는
배려와 감격
나만이 아닌 우리가 있다

야구장에는
너와 나 남녀노소
빈부와 편견이 없다

야구장은
새로운 삶을 녹여 내는
인생의 용광로

그곳엔
환생(還生)이 있다

기림사의 가을

햇빛 붉게 부서져 내린
기림사 계곡
가을이 먼저 와
기다리고 있다

절 마당 감나무의 홍시
도량에 퍼지는 청아한 목탁소리로
기림사의 가을이
도(道)처럼 깊어간다

이내가 내리는 산사
산문 밖 주막집에 마주 앉아
무르익은 가을을 담아
부딪히는 곡차 잔

단풍 빛 얼굴에
가을이 짙어 간다

순리(順理)

바람 눈비 맞으며
꿋꿋하게 버티고 서서
제 몫을 다 하는
마을 앞 정자나무처럼

꽃 핀다고 자랑 않고
진다고 슬퍼하지 않는
시절 따라
피고 지는 꽃들처럼

허공에 이는 구름
바람결에
흩어지듯

인연 따라 왔다가
인연 다해 떠나는 인생
그것이 순리(順理)

할머니의 호박잎

형산강 변 양지바른 곳에
작은 시장이 선다
상인이래야 고작 할머니 몇 분

재래종 감 무 배추 파 몇 봉지
줄기째 따 온 파릇한 늦가을 호박잎을 놓고
세월없이 도란도란 이야기만 강물 따라 흘러간다

천 원 이천 원
손자들의 과자 값인 이 물건들에서
나는 어머니와 고향의 추억을 떠올리며
마음의 보약으로 삼고 있다

초로의 가을 상념인가?
이젠 단풍이나 억새로도 풀 수 없는
나만의 고독을

말려도 상관 않고 덤으로 담아 주신
할머니의 호박잎에 싸서
울컥울컥 삼키고 있다

또 한 해의 가을이 지나가고 있다

제 5 부 / 마음자리

아름다운 착각

인생은 착각
꿈 사랑 인생
나에게만 눈 멀어
너를 볼 수 없는 병

나를 죽여
너를 볼 수 있는
아름다운 그 세상!

한 평생 애면글면
고쳐지지 않는 불치의 병
나만을 위한 착각

나 밖에 없는 세상
너를 보지 못하고
애절하게 떠나가는
청맹과니

인생은
아름다운 착각

개금불(開金佛)* 소풍

60여 년 만에 만난
어릴 적 친구들

알 듯 모를 듯
희미한 기억 더듬으며
서로를 확인하네

세월이 할퀴고 간
주름진 얼굴들

반말과 존댓말이
어색하게 오가는
궁금했던 서로의 삶

힘겹게 살아 온 세월
훌훌 털어버리고
개금불(開金佛) 솔숲에 소풍 온
늙은 아이들

그리운 옛 시절
못내 아쉬워
이유도 조건도 없이
서로를 배려하는
용암 도인(道人)들

상개금(上開金) 계곡 물소리와 함께
부서지는 웃음 소리 뿐

* 개금불(開金佛): 경남 거창군 가북면 용암리에 속한 마을 이름. 상개금(上開金)
  에서 금동 불상이 출토되어 개금불(開金佛)이라는 지명이 유래되었다고 전해지고
  있음. 필자는 지난 6월 개금불에서 개최된 용암17회 동창모임에 다녀옴.

인천1호선 전철에서

인천1호선 전철
경로석에 앉아
조용히 눈 감으면
떠오르는 두 모습

나만을 생각했던
지우고 싶은
지난 날의 기억들로
감은 눈 뜰 수 없고

머리 속을 맴도는
서푼의 선행 찾아
안간힘 쓰는 참에

뿌~우웅
원인재역을 출발한 전차는
이내 계양역 종점에 닿고

아 애달프다
재연할 수 없는
나의 인생 드라마여!

그늘

삼복(三伏)의 뜨거운 햇살
가득 부서져 내리는

고즈넉한 산사(山寺)

작은 보리수나무
그늘에 앉아
무상(無常)의 끈 놓고
잠시 쉬어가려 하니
법(法)의 그늘 한량없네

황금꽃 향기는
천리를 가고
어린 잎새 가장귀 마다
맑은 지혜
너른 자비
가득하여라

생사 없는
해탈지견(解脫知見)으로
유유히
가던 길
마저 가려 하노라

마음자리

허공보다 크고
겨자씨보다 작은
요술 같은 이내 마음

꽃처럼 향기롭고
설한풍(雪寒風)보다 차가운
알 수 없는 카멜레온

기쁨 슬픔 욕망 미움
가없는 마음 장난
고삐 잡아 말뚝에 매고

하심(下心)의 창을 열어
비우고 버리면
떨어지는 꽃잎처럼
애초의 마음자리

부룬펠시아의 당부

좋은 사람에게
선물받은
부룬펠시아 화분 하나

엔틱한 나무 받침 위에 올려
거실 창가에 두고
물을 주고 모양새도 잡아가며
또 하나의 가족으로 돌보고 있다

작고 부드러운 초록잎
가지 끝마다 피어나는
나비처럼 예쁜 보랏빛꽃
자스민 향기가 거실에 가득하다

어라?
보랏빛 꽃잎이 점차 엷어지더니
흰 꽃으로 변했다.
마치 보랏빛 청춘의 시절이 가고
백발의 노년이 도래하듯

하지만 진한 향기는 여전하다
인생이 다할 때 까지
인품의 향기만은
잃지 말라는 당부처럼

동상이몽

여태
오십년지기는 뭘까요?

당신은 내가 아니고
나도 당신은 아니었네요

당신의 시침은 右로
내 분침은 左으로

하루에 두어번쯤 스치우며
미소지은 것만도
참 고마운 일이었습니다

때로는 고장난 시계로
나만의 당신
당신만의 나인양
온통 공유하려 덤비고
집착도 했지만
그것은 사랑이 아니외다

당신은 당신
그리고
나는 나

아무려면 어떤가요
그대로 아름답습니다

봄맞이

여름 봉선화에도
봄은 있었고
가을의 붉은 열매도
시절의 인연을
애초부터
꿈꾸고 있었나니

생명의 봄은
얼어붙은 설한(雪寒)의
청아한 하늘 끝에 걸려있어도
들숨날숨 속에
깃들어 있다

동지섣달 밤은 깊으나
승기천 나목의 수양버들
삭풍에 섧게 우는 억새밭에
시나브로 다가오는 봄의 소리에
진즉 설렌다

따스한 봄이
내 맘에
먼저 살포시 내려앉아
정답게 간지럽힌다

흙에 쓰는 시

파도리 농장에는
나를 기다리는 친구들이 있다

억센 잡초 속에서
보살핌이 필요한 소중한 생명들
그들의 돌봄을 통해
나의 존재 가치를 의식한다

타는 가뭄에
조석으로 흘린 땀이
그들의 목마름을 해소해 주었고
장마 진 날은
신바람 푸른 장단에
내 마음도 너울너울

묵언 수행 초연한 그들의 삶
침묵으로 대화하며
서로에게서 찾는 존재의 의미

가지 오이 호박 고추 토마토......,
지금 친구들을 만나러
파도리로 간다
흙을 만지며
몸으로 시를 쓰러
밭으로 간다

자연의 철학

산천의 초목들이
자신만의 빛깔로 다채롭다

여름이 오면
모두 제 빛을 양보하고
오직 한 빛 초록으로

가을이면 다시 개성을 살려
각각의 색깔과 결실로
세상을 조화롭게 만들 것이다

인생사 또한 다를 바 없을진대
대의를 위해 하나 되기가
왜 그렇게 어려운지?

하나가 모여 모두가 되고
모두 속에 하나가 있어
결국 우리는 하나인 것을

삶의 모습으로 보여 주는
자연의 철학을
새삼스럽게 느끼는 봄이다

까치집

메타세쿼이아 언덕
플라타너스 꼭대기에
까치집 한 채

풍수 좋은 명당에
스스로의 노력으로
요람 같은 집을 지어
단 둘이 사는 까치가족

남이 지어 놓은 집을
로또당첨만큼 어렵게 입주해서
둘이서 살고 있는 나

까치는 밤하늘의
반짝이는 별을 보며
바람소리에 잠이 들고

나는 커튼 장막 속에서
아래윗집 소음 소리에
잠이 든다

까치집보다 나을게
아무 것도 없다

마음의 꽃

나로 인해
만족하고 고마워하는

그 얼굴은
나의 원(願)이고

꽃보다 아름답고
생명처럼 감동적인

그 순간은
나의 행복이다

마음의 자리 따라
피고 지는
나만의 그 꽃

지지 않을 마음의 꽃
피우기 위해
비우고 버리며
담금질 한다

오월의 아침

봄비가 촉촉이 내리는
진덕왕릉 아침 산책길

봄단장 하는
수줍은 여인네 마냥
연분홍 복사꽃이
산 속 작은 연못에
살포시 얼굴을 드리우고
작은 빗방울들은
연못 가득 동그라미를 그리고 있다

아침 계곡을 울리는 장끼소리
이름 모를 야생화들
넘실거리는 청보리밭
갈아 놓은 논과 못자리
농부들의 바쁜 모습
모두가 정겨운
오월의 아침이다

탐욕(貪慾)과 지족(知足)

탐욕의 마음
한이 없기에
인생의 고통도
끝이 없다네

보고 듣고 생각하는
온 세상이
탐욕의 근원

가질 수록 치솟는
탐욕의 불길
인간만이 가지는
인생의 갈증

죽음도 끌 수 없는
불행의 불씨
탐욕의 소화(消火)는
오직 지족(知足) 뿐

얼굴

느리고도 빠른
세월의 길이
생각 따라 달라지는
고무줄 셈법

공평하게 주어진
덧없는 세월
그 속에 담을 건
인생의 몫

허겁지겁 달려온
길고도 짧은
인생의 길

흐르는 시간 속
자신의 얼굴
그것이 세월이고
인생이더라

달빛 유람

보름달 중천에 올라
한 밤이 백야로다.
잠 못 드는 세찬 바람
겨울밤이 깊어 간다

내 마음 달빛 타고
밤하늘 선객(仙客) 되어
세상을 유람한다

구미산 용담정은 붉은 정기 솟구치고
수도산 아래 잠든 송정
옛 소년이 그립구나
해인사 백련암엔 노승의 불경소리
속세 떠난 법주사엔
달빛 아래 대불설법

삼각산 옛 한양은 불 밭으로 잠들었고
대관령 세찬바람 노송이 서럽구나
설악산 울산바위 동해의 금빛 파도
낙산사 의상대의 파랑새는 간 곳 없네

경포호수 달빛 아래 선녀의 밤 목욕
망양정 월송정엔 화랑이 춤을 추네

호미곶 밤하늘에 백호가 포효하고
문무대왕 만파식적(萬波息笛) 해룡이 승천한다
마애대불 신라미소 천년을 우러르고
불국사 풍경소리 아사녀의 혼(魂)이런가
신선놀음 소한의 밤이
달과 함께 가는구나

꺾여 진 꽃대

진달래 산수유 개나리
화려하던 벚꽃도 지고
접시꽃의 꽃대만이
정원에 허허롭다

치열한 전장에서
장렬히 산화한
전사의 비목처럼

세상사 모든 것이
한 때라지만

주어진 인연 따라
묵묵히 자신의 몫을 다 하고
미련 없이 꺾여 진
꽃대가 장하다

북천의 무심한 물소리와
달맞이꽃이 서라벌의
하얀 밤을 지키고 있다

일월순천(一月順天)

보이지도 않는
작은 세균
COVID-19에
인간이 두 손 들었다

알량한
만물의 영장
함부로
말하지 마라

천만년 살 것 같이
행세(行勢)하지만
때가 되면 떠나야할
평등한 중생

일월순천(日月順天)
자연의 법
공생의 원리

멋진 사람

산처럼 든든하고
숲처럼 풍요롭고
꽃처럼 향기로운
사람

바람처럼 자유롭고
구름처럼 여유롭고
햇빛처럼 따뜻한
사람

나무처럼 싱그럽고
공기처럼 상큼하고
물처럼 지혜로운
사람

한 세상 살면서
한 가지만 이루어도
그대는
멋진 사람

낡은 수첩

서랍을 정리하다
우연히 발견한
손 때 묻은 낡은 수첩

지난날 삶을 함께 했던
동지들의 이름과 전화번호가
눈물자국처럼
빛바랜 글씨로 남아

그리운 이의 모습
아름다운 날들이
이젠 추억이 되어
화석처럼 굳어 있다

내 인생의 불꽃을
지펴 주던 그들
그 시절이 그리워
차마 수첩을 덮지 못하고
흐릿한 이름들을 뒤적이고 있다

지나버린 세월
아련한 기억들을
낡은 수첩이
힘겹게 부여잡고 있다

知己之友의 말

초당의 안셈을 거닐며
성 덕 화

【1】

초당 서태양님의 개정판 시집 『좋아서 미운 사람 미워서 좋은 사람』 발간을 축하하며, 지기지우(知己之友)임에도 불구하고 누군가를 안다고 넘겨짚는 것은 어쩌면 '잘 모른다.'는 고백이 될 수도 있는데, 이참에 초당님의 근 百이나 되는 시편(詩篇)의 속뜰을 찬찬히 들여다 볼 기회를 주심에 감사드립니다.

노벨상을 탄 시인의 화려하고도 난해한 시집이었으면, 아마도 이렇게 빠져들어 읽게 되지는 않았을 겁니다. 역시나 오래된 친구의 우정처럼 만만히 들어서도록 곁을 주는 시가 울림이 더 클 거라는 기대를 저버리지 않네요.

평생 관광경영학 교수였던 초당님이 시를 쓴다는 것은, 200년 전 물안경도 쓰지 않고 4km 터키 해협을 헤엄쳐 건넌 스포츠狂 바이런(George Gordon Byron 1788~1824)이 낭만주의 詩의 대가였다는 것만큼이나 의아한 일이긴 하겠지만, 그가 은퇴 후에 수필가로 시인으로 등단한 일은 거저로 얻어진 선물이 아니라, 현직 때는 잠시 유예해 두었던 미필적고의(未必的 故意)였다고나 할지. 그는 가난한 산촌의 유년시절부터 몽당연필로 마분지건 신문지 여백이

건 간에 무어라도 끄적이는 메모벽(癖)이 있었다니, 은퇴 후에 그의 순수한 삶의 흔적들은 동화나 에세이로 혹은 오늘의 처녀시집에 이르기까지 오롯한 자양분이 되었다고 봅니다.

詩도 아는 만큼 읽힌다고 했던가?

그의 길 따라 바람처럼 뚜벅뚜벅 걸어 온 인생 여정에 함께 소나기를 맞은 길동무였고, 때로는 밤이 이슥하도록 수다를 떨었고, 석양배를 기울였고, 상처로 흔들릴 때는 따뜻하게 다독여 준—가장 이물 없고 마냥 편안한 知己之友일거라는 믿음은 기우였을까요? 그의 인생 대장정이 응축된 개정판 시집을 대하고 보니, 여전히 낯설고 새삼스럽기 만합니다. 하여 안다는 것은 모르는 것이 맞네요. 그는 시인이라면 거개가 탐구했을 T.S.엘리엇이나 셰익스피어의 소네트들을 읽은 적도 없고, 시작(詩作) 수업을 따로 받은 바는 없지 않나 싶습니다.

그러나 무슨 소용이랴! 모든 인간의 종착지는 문학이라는 봉놋방이 아닐지.

그는 시를 꾸미기 위해 많은 형용사들을 차용하지도 않았으며, 도무지 군더더기도 없고 담백합니다. 어려운 것을 쉽게 풀어쓰며 쉬운 것을 어렵게 에둘러 쓰지도 않으니 난해한 시어들을 굳이 사전에서 찾게 하지도 않는 친절한 시인입니다.

좋은 인연으로 만나
질펀하게
사랑하며 미워하며
쌓아올린 세월의 더께

벽을 문이라한들
문을 벽이라한들
용서 못할 잘못이 무엇이랴!

편안하게
마실 와서 걸터앉을 평상처럼
단단한 바위처럼
늘 그 자리에 있어만 주오

좋아서 미운 사람
미워서 좋은 사람

<좋아서 미운 사람 미워서 좋은 사람> 전문

<집으로> <아카시아꽃> <꽃이여 잎이여> <행복을 찾아서> <초당의 벗들> <시절 인연 따라> <부룬펠시아의 당부> <동상이몽>......,etc

연과 행을 부수면 단박에 단연의 시이자 편안하게 읽히는 일기체 산문 같은 시가 주류를 이룹니다. 그가 천년고도 경주에서 30년을 주말부부로 혼자 지내면서, 아침 마다 들길을 걸으며 남산을 오르며, 황성공원을 걸으며 보고 듣고 만지고 느끼고 만났던 일상들이 시가 되고 에세이가 되었으니, 그의 시는 심오한 지성을 담은 문학 작품이 아니라, 개망초, 달맞이꽃, 창포, 부들, 제비꽃, 민들레들 피어난 들길을 무장해제하고 편안하게 걸으며 허밍하기에 딱 좋은 노래이기도 합니다. 덤으로 천년고도 경주의 정취에 흠씬 빠져들게도 해주었으니 이래저래 고마운 마음입니다. 자연과 인생을 맑고 쉬운 언어로 표현하여 지기지우(知己之友)라 한들 건성이라도 더 이상 보탤 말이 없습니다. 시가 별건가요? 쓰는 즐거움, 쓰이는 희열, 작가는 누구라도 시인이 될 수 있다고 당장 소소한 일상을 스

케치하고 여백에 메모해 보라고, 자신을 표현해 보라고 부추기는
꼬드김 같기도 합니다.

【2】

늙은이도 하루가 끝날 때 뜨겁게 몸부림치고 소리쳐야 합니다.
빛의 소멸에 맞서 분노, 분노하십시오.
Do not go gentle into that good night,
Old age should burn and rave at close of day;
Rage, rage against the dying of the light.

〈딜런 토마스(Dylan Thomas 1914-1953)〉

"딜런 토마스가 왜 여기서 나와?"
미스터트롯 영탁이 노래가 아니고요. 작가님의 시편 속을 유영하
면서, 문득 노년에게 희망과 위로를 안겨주는 딜런 토마스 얘기를
하고 싶어졌습니다.
작가님은 8년 전에 은퇴를 하고도, 요즘 전화기 너머 들려오는 목
소리는 여전히 패기가 넘치고, 하다못해 카톡이나 문자 메시지 뉘
앙스에서도 게으름이나 우울은 1도 묻어나오지 않습니다. 때로는
얄미울 지경입니다. 심지어 그가 사는 동네에는 코로나-19도 비껴
간 청정지역이 아닐까? 의구심이 들 때도 있습니다. 태안 파도리
농장 경안정에 가서 감자와 완두콩을 심고 방금 집에 도착했다든
지, 곧 다시 두릅과 고사리를 따러 떠날 거라든지, 머지않아 새로
운 시집과 수필집을 발간할 것이라든지, 그의 매일이 늘 빼곡한 일
정들로 넘쳐나는 것을 보고 부럽기도 하면서, 문득 딜런 토마스의
신봉자 같다는 생각을 떨칠 수가 없습니다. 수많은 선인들은 나이
가 들면 뒷방으로 물러나 있으면서, 말은 줄이고, 듣기만 하고, 내
려놓고, 비우고, 지갑만 열고, 세상사에도 이런들 어떠하리 저런들

어떠하리 분별하지도 말고 순순히 늙어감과 죽음에 승복하라고 경고하고 타이르고 있건만, '늙음에 소리치고 분노하라.'고 외치는 시인은 딜런 토마스가 유일한 것 같습니다. 굳이 오래살고 싶다는 욕망에 사로잡혀 본 적은 없지만, 한켠 반갑기도 하면서 귀가 솔깃해지는 것은 숨길 수가 없네요.

토마스의 생에 대한 집착이나 욕망이 추하게 다가오는 것이 아니라, 태어남이 내가 어찌할 수 없는 숙명이었듯이, 죽음조차도 내 뜻대로 안 되는 일, 기왕에 천수시대를 살아내야 한다면, 초당님처럼 하루를 촘촘하게 바장이면서 부지런을 떠는 것도 나쁘지만은 않다는 생각을 하게 됩니다. 하물며 글쓰기로 풀어내는 노년의 삶이라면 말입니다. 선각 시인 딜런 토마스는 일찌감치 천수(天壽)시대 도래를 예감하고, 두보의 인생칠십고래희(人生七十古來稀)를 보기 좋게 따돌리고, 노인들을 향해 절대 젠틀하게 안녕을 고하지 말라고 씩씩하게 외쳤나 봅니다. 딜런 토마스적 삶을 지향하는 초당님 같은 든든한 동지가 적지 않았으면 좋겠다는 바람을 가져봅니다.

무심의 화살을 시위에 걸어
쏟아질 듯 푸른 창공의
홍심(紅心)을 향해
활을 당긴다

툭↑
둔탁한 소리를 내며
승천을 꿈꾸는 잉어처럼
화살이 솟구친다

관중(貫中)이다!
순간
나의 모든 상념도
바다보다 깊은
허공 속으로
산산이 흩어진다
이것이 道다
弓道!

〈궁도(弓道)〉 전문

원래 『움직여야 인생이다.』 지론 신봉자인 그의 방랑벽은 역마살
이 끼지 않고서는 그러할 수가 없다는 생각이 듭니다. 그의 전공이
자 본업이 관광자원개발이고 여가축제문화라서 전국토를 北에서
南으로, 東에서 西로 명승고적, 고택, 올레길, 자드락길, 고샅 가리
지 않고 누비고 다녔으니 진즉 방랑시인 김삿갓 아니 되면 정상이
아닐 테지요. 한 때, 숱한 시인묵객(詩人墨客)들이 노닐던 전국의
정자(亭子) 문화에도 심취했던 작가에게서 언뜻언뜻 고전적 풍류
와 시조적인 색채를 띄는 <춘향 찾아 삼백리> <월궁에 올라> <이
도령 답가>류의 시가 발견되는 것도 어색함이 없습니다.

그를 아는 지인들은 초당다운 시라고 맞장구를 쳐 주실 것 같습니
다. 그는 국내·외 답사여행, 골프, 승마, 국궁, 래프팅 등 그가 여가
를 즐기는 취향도 매우 다양합니다. 그는 요즘도 매일 신새벽에 서
재로 출근하여, 허리를 꼿꼿하게 세우고 읽고 쓰기를 멈추지 않습니
다. 나이 들어 정신적 탄력을 유지하면서, 슬슬 빠져나가는 단어
와 어휘들을 가두는 노력을 게을리 하지 않고 있습니다. 세 끼 식사
도 정해진 시각에 수행자가 공양하듯 하고, 산책과 운동도 거르지
않는다고 합니다. 마치 흐트러짐 없이 늙어감에, 시들어 감에 녹슬

지 않으려고 저항하고 분노하고 외치는 투사처럼, 바람이 불어오기도 전에 지레 드러눕지 않기 위해, 작가는 오늘도 시심(詩心)의 활시위를 힘껏 당기고 있습니다. 불쏜 화살이면 어떠하리.

【3】

참 신기한 일입니다. 그가 토마스 딜런의 '분노' 신봉자이면서도 그의 하많은 시편을 정독하고 음미하는 동안 부정, 우울, 욕망, 집착, 어둠, 원망, 비틀림, 저항, 비관, 미움 같은 키워드 혹은 시어들을 만나지 못했습니다. 어디에도 엄살도 내숭도 숨어 있지 아니합니다. 그는 태생적으로 '태어난 자체가 행운이다.'라고 부르짖는 낙관론자이기도 하지만, 누구나가 그러하듯이 지나온 인생에 궂은 비도 내렸을 것이고, 폭풍에 휘청거리기도 했으련만, 그는 십 년을 일곱 번 지나는 동안 마치 꽃길만 걸은 엄친아처럼, 행운아처럼 맑고 천진하고 구김살이 없습니다. 사람을 좋아하는 붙임성 하나 만큼은 끝내주는 그의 매력이기도 합니다. 그런데 양지가 있으면 그늘이 있게 마련이듯이 아니나 다를까요?

그는 청소년기에 가출하다시피 상경하여 신문 배달도 하고, 닥치는 대로 알바도 하면서 배고픔과 죽음의 문턱까지 경험했던 드라마보다 더 진한 삶을 살았던 주인공이었더라고요. 知己之友는 그가 마치 즐겁게 소풍 다녀온 것처럼 들려주는 그의 어린 시절 이야기를 수십 번은 족히 들었더랬습니다.

아마도 그의 DNA에는 누군가에게 기대거나 원망하거나 하는 부정적인 요소는 아예 있지도 않은 가 봅니다. 단언컨대 그 모든 태생적 긍정적 달관주의자를 만든 것은 8할은 불심(佛心)이었을 테지요.

삼복(三伏)의 뜨거운 햇살
가득 부서져 내리는
고즈넉한 산사(山寺)

작은 보리수나무
그늘에 앉아
무상(無常)의 끈 놓고
잠시 쉬어가려 하니
법(法)의 그늘 한량없네

황금꽃 향기는
천리를 가고
어린 잎새 가장귀 마다
맑은 지혜
너른 자비
가득하여라

생사 없는
해탈지견(解脫知見)으로
유유히
가던 길
마저 가려 하노라

〈그늘〉 전문

<떨어진 꽃잎> <윤회> <한 생각 차이> <불이의 벗> <마음자리>
<이 순간이 극락> <생과 사> <부처가 되리> <순리> <탐욕(貪慾)
과 지족(知足)> <꺾여진 꽃대>......,etc

『받을 생각 하는데서 고생문이 열립니다.
부모님을 원망하는 사람들은
대부분 받을 생각을 하기 때문에 원망합니다.
친구를 욕하는 사람도 친구한테 받을 생각을 해서 욕합니다.
받을 생각 없이 행하는 것이 바로 보시행(布施行)입니다.
복덕을 받지 않고 오로지 보시하면
그것이 해탈이요, 도인이요, 부처님입니다.
받을 생각하지 않고 보시하면 그것이 바로 성불(成佛)입니다.』

〈종범 스님 법문집 '오직 한 생각' 中 에서〉

종범 스님의 법문을 자주 듣고 새긴다는 시인은 늘 유쾌하게 말합니다. 죽음마저도 가장 공정한 이벤트이자 축제라고, 축제 전공자의 도(道) 트인 우스갯말로 넘기기는 하지만, 의미심장한 울림을 전해주는 말이기도 합니다. 인생의 무상함과 허무마저도 멋스럽게 눙치고 다독이는 시어들이 돋보입니다. 마냥 여유롭게 그를 탄탄하게 붙들어주고 있는 긍정, 순응, 용서, 우정, 멋, 조화, 인연, 사랑, 낭만, 그리움, 배려, 여유, 무상, 보시, 나눔, 생명 존중, 반성들만이 시에 철철 녹아져 있지만, 그의 시들은 모자람도 없고 남는 것도 없어 보입니다. 밍밍하다고, 순종적이라고, 달관적이라고 도덕교과서 같다고 시가 아닌 것은 아닙니다.

그의 시들로 하여 우리의 둔탁하고도 비틀린 마음들이 순화된다면 금상첨화가 아닐지요? 허물없는 知己之友의 입장으로 초당의 속뜰을 유유히 산책하며 돌아 나오니 마음이 한없이 고요하고 따스해집니다. 행간을 자세히, 오래 들여다 보고 음미하니 처음에는 유행가 가사 같고 시시했던 모든 시편에 애착이 갑니다. 그의 진솔한 안셈이 녹아있는 시들을 거의 외우다 시피 했습니다만,

그래도 그 중에서 딱 한편의 시를 뽑아달라고 요청하신다면 망설이지 않겠습니다.

<서·태·양> 이라고......,

그 어떤 수식어도 형용사도 동사도 부사도 태산 같은 그 이름 석 자(字)를 뛰어넘을 수는 없었다는 생각이 듭니다. 그의 인생 자체가 아름다운 장편 서사시입니다. 아직도 말하여지지 않은 얼마나 많은 시어들을 잉태하고 있을지요. 이번 개정판에서는 첫시집 초판에서 30 여편의 시들을 덜어내고 한결 다듬어지고 세련된 작품들로 새롭게 채워진 것만 보아도 초당님의 시작(詩作)에 대한 열정은 멈출 줄을 모르는 것 같습니다. 늦깎이 시인 초당님의 건필을 염화시중의 미소로 계속 응원하고 싶습니다.

미·안·해
내 생각이 짧았어

고·마·워
모른 척 해 줘서
사·랑·해
나를 받아 줘

목구멍까지
뜨겁게 차오르던

그,
한 마디......,
타임캡슐에

묻었으니

쓸쓸함이
사무치는
어느 가을 날에
누구라도
그대가 되어 꺼내주오

〈그, 한 마디〉 전문

초당님의 詩를 읽게 될 독자님들의 오후도 부디 아름답기를 소망
하면서, 이제 글을 맺어야 할 때가 되었는데, 마지막으로 작가님에
게 궁금함이 있습니다. 세상 모든 것을 포용할 것만 같은 초당 거사
님의 친절과 따스함, 너른 가슴으로도 『미안해 · 고마워 · 사랑해』
그, 세 마디는 용기가 나지 않으시는지요? 아니면 가슴 한켠 아끼
고 꿍쳐 둔 보석인지요? 그것도 아니라면 입 밖으로 내면 그 의미
가 퇴색할 거라는 트라우마라도 있으신 건지요?

그럼에도 불구하고
초당님의
타임캡슐에서 화석이 될
<그, 한 마디>를 듣고 싶습니다.
차안(此岸)에서든 피안(彼岸)에서든……,

계묘년 봄날 솔안뜰에서
知己之友 성 덕 화 합장

草堂 서태양 시집

좋아서 미운 사람
미워서 좋은 사람

초판인쇄　　　　　2021년 1월 1일
초판발행　　　　　2021년 1월 15일
개정판1쇄발행　　2023년 5월 17일

지 은 이　　서태양
발 행 인　　이창민
편　　집　　박영선
펴 낸 곳　　도서출판 直指
출판등록　　2012년 6월 8일(제301-2012-069호)
주　　소　　서울시 중구 퇴계로 36길 46(필동 2가, 유창빌딩 4층)
대표전화　　02-2269-1144
팩　　스　　02-2269-1143
전자우편　　seo2700@hanmail.net / jik1144@naver.com